26文字のラブレター

26 Characters of the Love Letters

「都々逸」をご存知でしょうか？

「ザンギリ頭をたたいてみれば文明開化の音がする」
教科書に載っていることでも知られる一節です。一度は目にしたことがあるのではないでしょうか。「都々逸」は「どどいつ」と読み、江戸時代の終わりから明治時代にかけて、主に庶民の間で流行した唄のことを指します。

俳句が「5・7・5」、短歌が「5・7・5・7・7」であるのに対し、都々逸は基本的に「7・7・7・5」の形式になっているのが特徴です。

寄席で三味線を弾きながら唄われるなどして親しまれ、唄い継がれてきたものが多かったため、思わず口ずさみたくなるような独特のリズムを持っています。

時代を経て、日常的に触れる機会は少なくなったように思えますが、歌謡曲の歌詞にもそのリズムが応用されているなど、実は今でも都々逸は日本文化の中に息づいているのです。

また、韻を踏んだり掛詞を用いたりと、言葉遊びの要素もあり、洒落っ気に満ちています。いわゆる「粋」とでも言いましょうか。人気テレビ番組「笑点」の大喜利のお題として目にすることもありますね。即興で唄われることも多かったようで、気取らず自然に楽しめるからこそ、広く世間に親しまれたのでしょう。

そんな都々逸には、恋愛にまつわる唄も数多く、心地よいリズムとともに、ストレートに情感に訴えかけてくる力があります。本書では、古くから唄い継がれてきた都々逸の中から、恋愛にまつわる60作品を選びぬき、現代解釈を交えたイラストとともに紹介します。

さらに、スペシャルコラム「都々逸を詠む」と題して、現代の作家やアーティストの方々に、オリジナル都々逸を制作していただきました。

時代を超えてよみがえった珠玉の恋の唄を、じっくりと味わってみてください。

編集部

目次

SPECIAL COLUMN

都々逸を詠む

都々逸の掲載にあたって参考にさせていただいた原文の表記を尊重しながら、漢字や仮名遣いは読みやすいようにあらためています。

本書に掲載している都々逸のほとんどは、作者不詳のいわゆる「詠み人知らず」ですが、作者が明らかとされている唄に関しては、関係者の方の協力を得て掲載させていただきました。

恋に落ちる

飲んだお酒の回らぬうちに
早くききたい胸のうち

虎石

好きな人とお酒を飲むことほど、幸せな時間はない。それは、グラスという羅針盤を間に置いて、二人で夢の世界へ旅に出かけるようなもの。しばしば恋の発展を手助けしてくれるため、ついつい頼りにしてしまう。ただし、本心を伝える瞬間くらいは、自分の力だけで成し遂げたい。

いくど逢っても嫌いはきらい
初対面でも好きは好き

亀屋忠兵衛

この世には、努力や強い意思だけでは叶わないこともある。ひたすらアプローチを続けることで、心を動かす例もあるが、そんなお伽話ばかりではない。もちろん逆も然り。たとえ初対面でも、惚れてしまったらどうしようもない。恋をする理由なんて、考える方が野暮なのかもしれない。

惚れてこがれた甲斐ない今宵
逢えばくだらぬことばかり

詠み人知らず

好きな人を想う気持ちは、会えない時間ほど募ってゆく。もっとも、苦しいほどに待ち焦がれた相手であっても、会ったからといって特別な何かが起きることはそうそうない。しかし、たとえなんでもないような時間を過ごしても、一緒にいられることそのものが幸せなのではないだろうか。

一人笑うて暮らそうよりも
二人涙で暮らしたい

詠み人知らず

誰にも縛られない一人の生活は気楽なものだ。対して、二人の生活は悩みや衝突も増えるだろう。しかし、たとえその先に苦労する未来が見えていても、時に人はその道を選択することがある。どんな困難よりも、二人で暮らせない未来を選ぶことが、何より恐ろしいのだ。

及ばぬ恋よと捨ててはみたが
岩に立つ矢もあるならい

詠み人知らず

どんなに可能性が低い恋でも、不可能だとあきらめてしまってはいけない。たとえ何万回に一回しか成功しないほどの確率だったとしても、その一回が次に訪れるかもしれないのだから。勘違いを起こしたせいで破れる恋もあるが、勘違いがなければ生まれなかった恋もある。

色じゃないぞえただ何となく
逢ってみたいは惚れたのか

詠み人知らず

案外、人は外見や雰囲気で簡単に好意を抱いてしまうもの。クラスや職場の人気者に熱い視線が集中するのもそのためだ。しかし、中には「可愛い」や「格好いい」という理由ではなく、単純に気になる相手に出会うことがある。それこそが、本当の意味で恋に落ちた瞬間なのかもしれない。

ままになるなら写真にとって
主に見せたい胸のうち

詠み人知らず

「ままになる」とは、思う通りになる、という意味。もしも願いが叶うなら、胸の内を写真に撮って見て欲しい、と切望する。そうすれば、言葉や態度では上手に伝えられていないかもしれないけれど、自分がどんなに相手のことを想っているかが、きっと伝わるだろうから。

逢うて嬉しや別れの辛さ
逢うて別れがなけりゃよい

詠み人知らず

別れの辛さは、会ったときの喜びの反動だ。喜びが大きいほど、辛さも増してゆく。たとえ恋人や夫婦であっても、四六時中ずっと一緒にいられるわけではない。出会いと別れは表裏一体。叶わないことだと分かっていても、願ってしまう。別れなんて二度と来なければよい、と。

外は雨
酔いは回ったさあこれからは
あなたの度胸を待つばかり

詠み人知らず

そろそろ恋に進展がありそうな夜。「まだ帰りたくない」という気持ちを肯定するように、雨は、二人きりの空間にそっと鍵をかけてくれる。おまけにお酒も手伝って、舞台はすっかり整った。最後に必要なのは、想っていることを口に出すための、ほんの少しの勇気だけである。

二世も三世も添おうと言わぬ
この世で添えさえすればいい

詠み人知らず

恋は人を空想家にする。存在するかもわからない死後のことまで壮大に思い描き、甘い言葉を囁きたくなるのだ。ところが、実際に恋人を目の前にすると、そんな大それた願いを抱く余裕なんてないこともままある。「どうか今だけでも一緒にいたい」と、とにかく必死になってしまうのだ。

都々逸を詠む

本能九割準備一割狙い通りにいかぬ恋

シンガーソングライター　川嶋あい

仕事には準備が必要だ。私はぶっつけ本番で物事を達成させることが苦手な人間なので、事前準備というものが欠かせない。

そんな、〝準備九割〟ぐらいの感覚である仕事に対して、恋愛というものはまったく逆だ。「明日は絶対こうして想いを伝えよう」とか、「こんな言葉を言ってみよう」とか意気込んでいても、付き合いの長いカップル同志が「これだけはしないでおこう、言わないでおこう」と心に決めていても、いざ相手を目の前にするとその全てが吹き飛んでしまう。

事前に決意したもの一つ一つを、その瞬間の彼との会話や空気感みたいなものが、氾濫した川のように飲み込んで流してゆく。「今日は失敗した……」と、恋愛することの難しさを痛感するのである。

人は、本能と理性の間で生きている。仕事なら、たくさんの人が関わっている場面が多く、理性で行動することの方が勝るのかもしれない。ただし、恋愛は一対一。誰も見てないし、誰も何も言わないもんだから、本能のままに自分が自分を動かすものだ。

あと少しでもいい。頭の中に描いている〝理想〟を、彼の前でちゃんと具現化できる自分自身がいてくれたら……。仕事と同じように、恋愛にも何かの成功法則を見出せるのかもしれない。

川嶋あい

シンガーソングライターの草分け的存在である川嶋あい。2003年にI WiSHのaiとして人気番組の主題歌「明日への扉」でデビュー。2006年からは本格的にソロ活動をスタート。代表曲としては、「My Love」「compass」「大丈夫だよ」「とびら」などがある。特に「旅立ちの日に・・・」は卒業ソングの定番曲として大人気を誇る1曲となっている。2019年デビュー16周年を迎えた。

恋に破れる

末は袂《たもと》を絞ると知れど
濡れて見たさの夏の雨

陸奥宗光

「袂を絞る」とは、着物の袖を絞るほどに激しく泣くこと。許されない恋や、刹那的な恋において、いずれ涙に濡れることがわかっていても、その結末には目をそらして、思わず踏み込んでしまう瞬間がある。恋は理性と相反するもの。頭では分かっていても、気持ちは止められない。

惚れさせ上手なあなたのくせに
諦めさせるの下手な方

詠み人知らず

恋が終わりに近づいたとき、どこまでも優しくし続けるのは、かえって相手のためにならない。どこかで悪人になる覚悟を決めなければ、相手はずっと未練を断ち切ることができないから。傷つくのも傷つけるのも怖いかもしれないが、お互いの未来のために、心を殺すのもまた必要だ。

ひとりで差したるから傘ならば
片袖ぬれよう筈がない

詠み人知らず

片袖だけが濡れた人を見かけたら、それは相合傘をしていたという証拠かもしれない。もしも自分の好きな人が、片袖だけ濡れていたら……。そんな風に勘ぐってしまうのは、きっと一人で差す傘の下では、雨に濡れない代わりに、景色が少しだけ寂しく見えるからかもしれない。

胸で苦しき火は焚くけれど
煙立たねば人知らぬ

詠み人知らず

どれだけ懊悩し、恋の火を燃やしていたとしても、胸の中にしまったままであれば、その想いは誰にも気づかれることはない。何か言い出せない事情があるのか、あるいは言い出す決心がつかないのか……。いずれにしても、相手に届くことなく消えてゆく悲しい恋が、この世にはある。

切れる心はさらさらないに
切れたふりする身のつらさ

詠み人知らず

「本当はまだ、あなたのことが好き」。そんな言葉を呑みこんだまま別れていった恋人たちが、一体どれくらいいるだろう。お互いの気持ちが同時にすっぱりとなくなってしまうことなんて、そうあるはずもない。恋の終わりはいつも、二人が前に進むために、どちらかが演じているものだ。

雨の降るほど噂はあれど
ただの一度も濡れはせぬ

詠み人知らず

恋愛経験が豊富そうで一目置かれている人が、周りに一人はいないだろうか。人はそういった噂に気おくれするもの。自分なんて相手にしてもらえないと、諦めてしまう人が大半だからだ。案外、そんな人こそ、誰かが声をかけてくれるのをぼんやりと待っていることもあるのかもしれない。

いかに野に咲く花なればとて
吹かぬ風にはなびかれぬ

詠み人知らず

野に咲く花は、個人の所有物ではない。誰にでも触れられるチャンスがある。恋はそんな野に咲く花を見つけるようなもの。しかし、いくら野に咲く花だとしても、風が吹かなければ、靡くことなんてできないだろう。まずはそよ風でもいいから、心を動かす努力をしなければ始まらない。

染めてくやしき江戸むらさきを
元の白地にしてほしい

詠み人知らず

相手と過ごす時間が長ければ長いほど、性格や習慣、ひいては価値観までもがお互いに影響されてしまう。つまり、その人の色に染められてしまうのだ。そして、別れが訪れても、一度染まった色を元に戻すことは難しい。だから、人は心を次から次へと重ね塗りして、深みを帯びてゆく。

切れてくれなら切れてもやろう
逢わぬ昔にして返せ

詠み人知らず

「そんなに別れて欲しいなら、今すぐ別れてやる」と口では強く言えるけれど、失恋の痛みは簡単に癒えるものではない。「時を巻き戻す」という無理難題を突きつけるくらいしなければ、一人になった人生を生きていける気がしないのだ。恋の代償は、それほど筆舌に尽くし難い。

花も開けばまた散るならい
逢えば別れのある道理

詠み人知らず

咲いた花は美しい。だが、花はいつか散ってしまうのが自然の理だ。恋も同じく、出会いがあればいつか別れがやってくる。始まりとは、終わりに向かって歩むことにほかならないのだから。「いつか散る」その運命に逆らうように、人は懸命に恋の花を育むのかもしれない。

都々逸を詠む

恋よ来いよと願わぬ日ほど恋は新たにおとずれる

歌人 伊波真人

恋愛とは不思議なもので、出会いを求めていないときほど、出会いの機会に恵まれる。出会いの機会に恵まれないからといって出会いを求めて動いてみても、けっきょく相性が合わなかったりして、長続きしなかったという経験を持つ人も多いのではないだろうか。そのいっぽうで、当分のあいだ恋愛はしなくてもいいと思っている時期に偶然に知り合った人ととても波長が合って、恋愛に発展したりする。

出会いを求めているときは、つい自分を飾りたててしまいたくなるものである。だが、そういう姿勢はいずれ相手に見透かされてしまうだろうし、あなた自身も疲れてしまう。飾らずにいるときに相手があなたを好きになってくれたということは、そんなありのままのあなたに惹かれたということである。だから、おたがい心地よく、長く共に過ごせるのだろう。

恋愛という、つかみどころのないものとの付き合いかたのヒントは、そのあたりに隠れている気がする。

伊波真人

歌人。早稲田大学文学部在学中に短歌の創作をはじめる。「冬の星図」により角川短歌賞受賞。雑誌、新聞を中心に短歌・エッセイ・コラムなどを寄稿。ポップスの作詞なども行う。著書に歌集『ナイトフライト』、共著『エンドロール』がある。

恋に溺れる

諦めましたよどう諦めた
諦めきれぬと諦めた

都々一坊扇歌

全ての恋が叶うのならば、この世に涙は流れない。しかし、どれだけ涙を流そうとも、諦めきれない想いも存在する。いっそ、忘れることができれば楽なのに、と思っても、一度恋に落ちてしまったらどうにもならないのだ。つまり、自分の気持ちに嘘をついても仕方がないということだろう。

宵に時計を進めた罰で
けさは別れが早くなる

詠み人知らず

会えない時間は永遠のように待ち遠しいのに、一緒にいる時間は一瞬のように過ぎてしまう。恋とは不条理なものである。たとえいたずらに時計の針を進めて、いつもより早く相手に会えたとしても、そのぶん別れの時が早く訪れるだけ。まやかしが通用しないからこそ、人は本気になる。

逢うたその日の心になって
逢わぬその日も暮らしたい

詠み人知らず

好きな人に会った日と、会えない日。それだけの違いで、日々は天と地のように表情を変える。会えない日は、会った日のことを思い出したり、写真を眺めたりしながら、また会える日を頼りに過ごすだけ。会えた日の心とそっくり入れ替えることができたなら、と思うのも無理はない。

8:32

呼ぶに呼ばれず戸は叩かれず
柱抱いたり空見たり

詠み人知らず

恋とは一種の病である。相手のことを想うあまり、あらかじめ考えていた百のうち、ほんの一つを口にすることさえ難しくなってしまうのだから。名前を呼ぶこともも、戸を叩くこともままならず、行き場を失った胸の高鳴りに、あれこれと不可思議な行動に走ってしまう、実に厄介な病なのだ。

泣いた拍子に覚めたが口惜し
夢と知ったら泣かぬのに

詠み人知らず

夢は現実の映し鏡。喜びも悲しみも、普段は心の奥底に眠っている感情が、妙に生々しく描かれる。突然の別れや、忘れていたはずの人との再会。冷静に考えればありえないことでも、不思議と信じ込んでしまうものだ。夢によって、自分の本心に気づかされることもあるのかもしれない。

殿は雨夜の月影なるか
心も知らぬ行末を

詠み人知らず

普通、雨の降る夜に月は見えないもの。雲の向こうには月が隠れているかもしれないし、本当は何もないかもしれない。相手の本心もわからないまま、それでも突き進んでしまう。しかし、どんな恋でも確証なんて持てないものだ。二人の間の謎は、時間をかけて解き明かしていけばいい。

花は折りたし梢は高し
眺め暮らすや木の下に

詠み人知らず

花を手折って自分のものにしたいが、梢が高くて手が届かない。いわゆる「高嶺の花」と呼ばれる相手に恋をした状態だ。花は眺めているだけでも美しい。しかし、手を届かせる努力をしなければ、決して手に入れることはできない。自分にとってどちらが幸せか、考えてみてはどうだろうか。

冴えた月夜を夜明けと思い
君を戻して今くやし

詠み人知らず

あまりに月が満ちている夜は、明け方のように明るいことがある。本当に日が昇ったと勘違いしてしまうほど、限られた逢瀬の時間に夢中になってしまったのだろう。さらに、それが夜の間に人目を忍んで会う関係だとすれば、あわてて相手を帰したことが、さぞ悔やまれるにちがいない。

痴話はいつしか洋灯《ランプ》とともに
消えて時計の音ばかり

詠み人知らず

「痴話」とは、愛し合う男女の他愛ない話。転じて、情事そのものを指すこともある。仲睦まじい関係を表すにぴったりの言葉である。二人の甘い声がやみ、疲れて眠り込んだ暗闇の中。時計の音だけが時を刻み続けている様子は、なんとも幸福な情景ではないだろうか。

このまま死んでもいい極楽の
夢をうずめる雨の音

亀屋忠兵衛

惚れた相手が自分を受け入れてくれた瞬間は、命さえ投げ出しても構わないと思えるほど、期待と興奮がピークを迎える。そんな場面では、深く考えずにその状況に身を委ねてみるのがよいだろう。きっと、どんな悲しみもかすんでしまうほど、生涯でかけがえのない一ページとなるはずだ。

都々逸の作り方

都々逸の基本ルール

「はじめに」でも述べたように、都々逸は基本的に「7・7・7・5」の計26文字からなる。さらに細かく分けると「7（3・4）・7（4・3）・7（3・4）・5」。このルールを守ると、声に出したときに自然と心地よいリズムになるはずだ。

〔例〕
花は（3）｜折りたし（4）｜梢は（4）｜高し（3）
眺め（3）｜暮らすや（4）｜木の下に（5）

都々逸の応用ルール

また、「7・7・7・5」のうち最初の7と三つ目の7は、それぞれ8（4・4）の字余りが認められている。

加えて、二つ目の7は（3・4）だけでなく（2・5）の形でもよいというルールもある。

〔例〕
諦め（4）｜ましたよ（4）｜どう（2）｜諦めた（5）
諦め（4）｜きれぬと（4）｜諦めた（5）

ほかにも、五字冠（ごじかむり）と呼ばれる、頭に5文字を加えた「5・7・7・7・5」の形もある。

〔例〕外は雨　酔いは　回った
さあ　これからは
あなたの　度胸を　待つばかり

最後の5文字はなるべく言い切る形にするのも、都々逸らしさのポイントである。このあたりのルールを踏まえておくと、グッと締まった作品が生まれるのではないだろうか。

都々逸作成フォーマット

前述のルールをもとに、左に都々逸作成に使えるフォーマットを用意した。ぜひご活用いただきたい。

（□□□□□）
□□□（□）□□□□
□□□□　□□□
□□□（□）□□□□
□□□□□

とはいえ、あまりルールに縛られすぎるのではなく、あくまで参考にしながら自由に都々逸を作ってみて欲しい。

恋に笑う

逢えば笑うて別れにゃ泣いて
うわさ聞いては腹立てる

詠み人知らず

人間の喜怒哀楽がもっとも発揮されるのは、恋をしている瞬間である。会えば自然と頬が緩むし、別れれば涙がにじんでくる。そして、周囲で流れる噂には一喜一憂。側から見れば滑稽な姿に映るかもしれないが、それほど真剣になってくれるのは、相手にとっても幸せなことに違いない。

君は吉野の千本桜
色香よけれどきが多い

詠み人知らず

奈良県にある吉野山は、古くから桜の名所として知られている。たくさんの人に囲まれている存在は、なかなか近寄り難いものだ。人間も同様で、あまりに美し過ぎて、想いを寄せる人の数も多いと、気おくれしてしまう。そんなさまを「木」と「気」をかけて冗談まじりに表している。

惚れた証拠にゃお前の癖が
みんな私の癖になる

詠み人知らず

「夫婦は合わせ鏡」と言われることがある。長年にわたり同じ環境で生活していると、自然とお互いの表情や仕草が似てくるものなのかもしれない。そして、それは極めて仲のよい証拠ともいえる。癖がうつるほど、いつも相手のことをよく見続けているということだから。

嬉しく別れりゃ未練がのこる
おこりゃ逢うまで気にかかる

詠み人知らず

別れとはなんと難しいものだろう。二人楽しく過ごした日の帰り道、元気よく笑顔で手を振れば、きっとその後ですぐに寂しくなる。一方で、喧嘩した状態で背を向けてしまったとしたら、きっと次に会うまでずっと心残りになってしまう。上手な別れ方なんて、ないのかもしれない。

ひよこ

澄んできこえる待つ夜の鐘は
こんと鳴るのがにくらしい

詠み人知らず

誰かを待つ夜は、心細さのあまり、辺りの様子に敏感になってしまうことがある。遠くから響いてくる音が、妙にはっきりと聞こえたりするのだ。寂しさの前で、人は臆病になってしまうもの。たとえば「こん」と鳴る鐘の音が、まるで「来ん（来ない）」と囁いている風に聞こえるほどに。

女蝶《めちょう》男蝶《おちょう》の杯よりも
好いた同士の茶わん酒

詠み人知らず

女蝶男蝶（男蝶女蝶）の杯とは、結婚式などで交わす杯のことを指しており、非常に特別なお酒である。もちろんめでたいものであることに変わりはない。しかし、大事なのは何を飲むかではなく、誰と飲むか。どんなに安いお酒でも、愛する人が隣にいれば、たちまち幸せなものになる。

顔見りゃ苦労を忘れるような
人がありゃこそ苦労する

詠み人知らず

恋は、毒にも薬にもなる。日頃の疲れや憂鬱はもちろん、恋をしたために生じた苦しみや悲しみさえ、たちまち忘れさせてくれるのだ。ただし、繰り返し服用していると、もう恋なしでは生きられない身体になってしまう。誰かのために苦労できるのは、ある意味幸せなことかもしれないが。

むかし馴染に田んぼで逢《おう》て
とけぬわらじの緒をしめる

詠み人知らず

元恋人や初恋の相手など、かつて想いを寄せていた人に、数年越しに偶然出会ったとき。相手を認識した瞬間、思わずドキドキしてしまい、あわてて誤魔化すことがある。今はもう、何の関係もないけれど、好きだったという事実だけは、心の奥底に刻まれているものなのかもしれない。

猪口猪口《ちょこちょこ》逢う夜を一つにまとめ
徳利《とっくり》話がしてみたい

詠み人知らず

逢瀬を繰り返しているけれど、恋人にまで発展していない関係。あるいは、家庭の事情や仕事の都合などで、なかなか会えない恋人同士。いつも、少し物足りない気分のまま別れてしまう。それはそれでありがたみがあるけれど、時には心ゆくまで長い時間を共に過ごしたいと願うものだ。

すねてかたよる布団のはずれ
惚れた方から機嫌とる

詠み人知らず

喧嘩の後で同じ布団に入るのは、気まずいもの。できるだけ端に寄って、相手に背を向ける。本当は仲直りしたい気持ちもあるけれど、引くに引けない状態だ。そんなとき先に声をかけるのは、いつも決まった側だったりする。「惚れたら負け」は、ある意味仲直りの合言葉かもしれない。

都々逸を詠む

「久しぶりだね」素顔の私見つけてくれた君が好き

作家 わかつきひかる

私は昔、展示会コンパニオンをしていました。ビジネスショウやシーテックなどの展示会で、パソコンソフトやワープロを操作し、ＰＲする仕事です。バブルの最中で、展示会は毎週のようにありました。

コンパニオン服を着て、研修で教えてもらった化粧をすると、通信制の大学に通う地味な女が、華やかなキャンペーンガールに変身します。

彼とは展示会で知り合いました。バックヤードで大学のテキストを読んでいるとき、支給のお弁当を食べているとき、よく顔を合わせました。

素顔で歩いているとき、「わかつきさん、今帰り？」と話しかけられました。化粧を落とすと別人になるため、カメラ小僧さんだって私だってわからないのに。「大学の勉強進んでる？」数学がわからないと言うと、教えてくれることになりました。彼は電気メーカーの研究職でした。その後私は、彼と結婚しました。社宅暮らしでノイローゼになって夫に支えてもらったり、適応障害で退職した夫を支えたり、いろいろありましたが、非正規社員の夫と作家の私、二人の子供に猫一匹、家族で楽しく暮らしています。

わかつきひかる

作家。社宅暮らしのとき、近所の若妻をモデルに書いた官能小説でデビュー。フランス書院美少女文庫で歴代一位の売上を叩き出し、ジュブナイルポルノの女王となる。作家の嫁が売れると夫が会社を辞めて離婚するのが、業界の定番ですが、私は数少ない例外です。

恋こがれる

君を待ちわびさびしい雨に
うちにいてさえぬらす袖

詠み人知らず

雨が降り止まない日には、孤独がいっそう身に染みる。空模様と心模様が重なり合って、寂しさを募らせるのだ。「涙雨」や「催涙雨」、「虎が雨」など、日本では涙を雨にたとえた表現が数多く存在する。また、「袖を濡らす」は古くから涙を流すという意味で用いられた。

人の口には戸を立てながら
門を細めにあけて待つ

詠み人知らず

噂話、特に色恋沙汰はあっという間に広まってしまうもの。大事に育みたい恋ほど、打ち明けるべきタイミングまでは秘密にしておいた方がよいだろう。恋愛になどまるで興味のない素振りをしている人でも、実は好きな人にだけ見せる表情があるかもしれないのは、微笑ましいものである。

恋に焦がれて鳴く蝉よりも
鳴かぬ蛍が身を焦がす

詠み人知らず

蝉の雄は求愛のために高らかに鳴き続ける。しかし、誰もが蝉のようにまっすぐ想いを表現できるわけではない。蝉と同じくらい短い命の蛍だが、その無口な心の内にはどれほどの想いが秘められているのだろう。ひたすら光を放って飛び続ける姿は儚げで、思わず胸が苦しくなってしまう。

みぞれ降る夜はただざびしさの
底がぬけたと思うよう

詠み人知らず

寂しさを演出する風景の一つに、雨や雪がある。みぞれは、そんな雨と雪が混ざったもの。雨よりも一段と冷たく、雪ほど幻想的でもないために、ただただ物悲しく感じられる。とめどなく降りしきるそのさまは、心に積もった寂しさの底が抜けてしまったかのように見えないだろうか。

口で貶《けな》して心で賞《ほ》めて
人目忍んで見る写真

詠み人知らず

本当に好きな相手に対して素直になれないのは、よくあること。相手への想いを悟られないように、心にもないことを口にしてしまうのだ。だが、自分の気持ちをうまく表現できない人でも、一人になれば想いは行動に表れる。言葉の裏側にこそ、愛情は隠されているのかもしれない。

月を待つとのいつわりごとも
更けてまことになるつらさ

詠み人知らず

好きな人と会う予定が控えている日は、それだけで一日頑張れるものだ。妙に落ち着かない様子を周囲に悟られても「月を待っているだけ」と小粋な冗談で返す。なんとも幸せな光景だが、時にそんな冗談が本当になってしまうことがある。月の美しさと対比すると、余計に切ない。

遠くはなれて逢いたいときは
月が鏡になればよい

詠み人知らず

夜空に浮かぶ月は、どんなに離れていてもお互いに見えているはず。ならばいっそあの月が鏡になって、相手の顔を映し出してくれたら……なんて、叶うはずのない願望を抱いてしまう。愛する人に会えないときほど、会いたい気持ちは募るものだ。恋はいつだって人を詩人にさせる。

いらぬ煙管《キセル》の羅宇《らう》のよが長うて
様と寝る夜の短さよ

詠み人知らず

かつては煙草といえば煙管が主流だった。時代劇などで花魁が色っぽく手に持っている、パイプに似た細長い道具だ。この長い管の部分を羅宇と呼ぶ。「羅宇はこんなに長いのに、あなたと過ごす夜はどうして短いのだろう」と、寂しさのあまり、目についた物が恨めしく思えることさえある。

逢うて間もなくはや東雲《しののめ》を
憎くやからすが告げわたる

詠み人知らず

楽しい時間ほど一瞬で過ぎてしまう。「まだ会ったばかりなのに」と名残惜しく感じるのだ。真夜中に会いに行ったはいいものの、ふと気がつけばもう夜が明けようとしている。白み始めた空、甘い時間に水を差すようなカラスの鳴き声が響き渡ると、憎らしく思えるのも無理はない。

積もる思いにいつしか門の
雪がかくした下駄の跡

詠み人知らず

「待つ」という時間は、感情を増幅させる。待ち合わせやメールの返事、告白の瞬間など、待っている時間にこそ、期待は膨らんでゆく。待っている歳月の長さは、即ち愛情の重さではないだろうか。万葉集でも、待つ時間の長さを「黒髪に霜が降る（＝白髪になる）」と表現されているほどだ。

都々逸を詠む

雨のまにまに触れた指先　遠回りした秋の夜

シンガーソングライター
ボンジュール鈴木

夏の雨や梅雨の雨とも違う、これからやってくる冬に向かう秋の雨……。そんな秋の雨の詩を作りました。

雪や雨、星の綺麗な夜、美しい月の光の夜。不思議と、天気や月の満ち欠けと恋の始まりって何か関係があるのかな？ って思います。特に雨は何故か、自分の理性がセーブをかけていた心を、優しく解き放つ魔法を持っている気がします。

私だけかもしれませんが、何故か雨が降ると、自分の小さい世界の回りに雨のカーテンができて閉鎖的な感覚が生まれます。普段感じないような些細な事も、見えていなかった自分自身の感情も、理性で封じ込めていた想いもドラマチックに感じてしまうような。

始まりそうで始まらない。始める勇気がない。そのぎこちなくもどかしい恋心。雨のせいで、無防備に触れてしまった指から気持ちが通じて、やっぱり触れないように気をつけるか、それとも次に触れたらもう、偶然を装って握ってしまおうか。

二人ともその微妙な感情の確信を語る事はできないけれど、まだ帰りたくない。せつなくキュンとしちゃうような感情が、雨にせかされ恋が始まるかもしれない秋の夜……そんな淡い恋の瞬間を描きました。

ボンジュール鈴木

エレクトロポップを軸にボーカル・作詞作曲・編曲を一人で行うシンガーソングライター。アニメ『ユリ熊嵐』の主題歌を担当後、数々のアニメや映画の主題歌のボーカルや楽曲提供などを中心に活躍しながら、日本語・英語・フランス語を織り交ぜたファンタジーで幻想的な独特のスタイルで、EP・アルバムなどを発表している。

恋に狂う

恋し恋しと書いては丸め
ほかに書く字のないなやみ

詠み人知らず

思春期には、恋をしたあまり勉強が手につかなくなってしまったり、高まった思いのやり場に困ってしまったりすることがある。自分でもおかしいと思いながら、どうすればよいか分からない状態が続くのだ。恋は薬の効かない熱病のようなもの。冷めるのを待つほかないのかもしれない。

惚れて通えば千里も一里
逢わず戻ればまた千里

詠み人知らず

楽しみが先にあると、良い意味で周りが見えなくなって、困難を乗り越えられることがある。ここでいう千里は約三九〇〇キロメートル。北海道から沖縄までよりもずっと長い距離だ。しかし、もしもその距離を会わずに帰るとなれば、どんなに長く辛い道のりに感じるかは想像に難くない。

山に咲く花嵐が毒よ
わしは君様見るが毒

詠み人知らず

山に咲く花にとって、花弁を散らしてゆく嵐はいわば天敵のようなもの。同じように、一目見るだけで心を奪われてしまい、物事が手につかなくなるような意中の相手は、ある意味自分にとって毒であるということ。ただし、この毒なしで生きてゆくのは難しいのが人生の皮肉なところだ。

三千世界の烏《からす》を殺し
主と朝寝がしてみたい

高杉晋作
※諸説あり

三千世界とは、簡単にいえばありとあらゆる全ての世界ということ。たとえ世界がどうなろうとも、目の前にいる相手との時間を優先したい。それほどまでに、愛する人と過ごすひととときは貴いものである。覚悟を決めた愛の前では、恐れるものなど何もないのかもしれない。

あの人の
どこがいいかと尋ねる人に
どこが悪いと問いかえす

詠み人知らず

好きな人の魅力を周りの人に理解してもらうのは、案外難しい。側から見えるのは、せいぜい容姿や雰囲気、ステータスくらいのものだから。しかし、恋は他人のためではなく、自分のためにするものだ。たとえ愛する人の味方が自分一人だったとしても、その気持ちに嘘をつく必要はない。

惚れられようとは過ぎたる願い
きらわれまいとのこの苦労

詠み人知らず

恋が成就するまではいわば「攻め」の時間。相手の心を奪うために苦労や失敗を重ねるのは当然だ。しかし、叶ったあとは「守り」の時間に入る。手に入れた幸福を、今度は失わないために必死になる。そこにゴールは存在しないため、結局人はいつまでも悩み続けなければならないのだ。

お前死んでも寺へはやらぬ
焼いて粉にして酒で飲む

詠み人知らず

どうしようもなく好きな相手とは、何があっても離れ離れになりたくないと願うもの。しかし、命には限りがある。死が二人を分かつ瞬間を想像すると、当たり前の供養では、到底気持ちの整理がつきそうにない。いっそ限りなく一心同体になりたいと、無茶なことを考えてしまうこともある。

今別れ
道の半丁も行かないうちに
こうも逢いたくなるものか

詠み人知らず

心は水を吸わないガラスのようなもの。どんなに楽しいひとときを過ごしても、その気持ちは時とともに流れてしまう。ひとたび別れの瞬間が訪れると、いっぺんに寂しく乾いてしまうのだ。だからこそ、一緒に過ごす時間の貴さを、どんなときでも噛み締めておくべきだろう。

逢うた夢みて笑うてさめる
あたり見まわし涙ぐむ

詠み人知らず

夢はときどき残酷なほどに美しいことがある。振り向いてくれるはずのない人が笑いかけてくれる光景や、聴こえるはずのない甘い囁きに身を委ねられるのだ。その夢が幸福であればあるほど、目覚めたときの現実との落差に、まるで暗い穴の中に突き落とされたような絶望を感じるだろう。

思い出せとは忘るるからよ
思い出さずに忘れまい

詠み人知らず

「思い出す」という言葉は一見あたたかく見えるけれど、裏を返せば「一度は忘れてしまっていた」ことの証にほかならない。だから「過去の恋を何度も思い出してしまう」と悩む人も、一度は忘れて思い出にできたということ。すでに前を向いて歩いているのだから、心配はいらない。

おわりに

初めて都々逸に触れたのは、中学生の頃。何気なく開いた記事で「恋に焦がれて鳴く蝉よりも鳴かぬ蛍が身を焦がす」の一節を目にし、胸を打たれた。そこから、手当たり次第に古い都々逸を読み漁ったのを憶えている。

都々逸は、単純なようで複雑だ。難しい言葉を使っていないのに、捻りがきいていてハッとさせられる。かといって、気取らず、ユーモアたっぷりな点にも強く惹かれた。声に出して読みたくなる独特のリズム感も絶妙だ。

そもそも当時は都々逸なんて言葉自体知らなかったけれど、なんとなく「短歌や俳句の仲間だろうか」と思って開いてみた扉の向こうには、想像以上におおらかで温かい世界が広がっていた。都々逸に文学の香りがつき纏わないのは、芸能や音楽の世界との関わりが深いからではないかと推測する。庶民に愛され続けてきたため、良い意味で「娯楽」

の側面が強いのである。作者不詳のまま、時にはバージョンアップを重ねながら歌い継がれてきた作品が多い点にも、その自由さや寛容さがうかがえる。

そんな都々逸だが、知らず知らずのうちに耳にしたことはあっても、はっきりと「都々逸」と認識している人は、残念ながら現代では少ないように思う。ならば難しい説明は抜きにして、もっとストレートに都々逸の魅力を感じられる本があってもよいのではないか、そう考えたのが本書の企画の始まりだった。

本書で触れることが叶ったのは、都々逸の魅力の、ほんの一斑にすぎない。どうかこれを機に、読者のみなさまが思うままに都々逸を味わい、折に触れてこの愛すべき26文字のリズムを口ずさんでいただけたら幸いだ。

編集部

索引

027

019

011

029

021

013

035

023

015

037

025

017

059

047

039

061

049

041

063

051

043

065

053

045

087

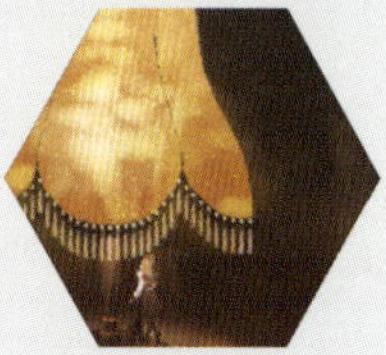

075

067

089

077

069

091

083

071

093

085

073

115

107

095

117

109

097

119

111

099

121

113

101

143

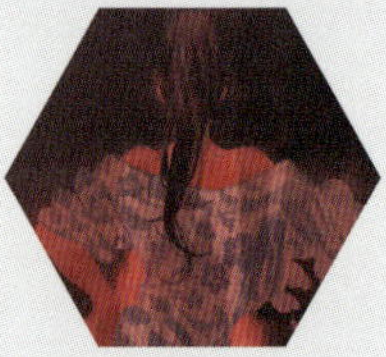
135

123

145

137

125

147

139

131

149

141

133

いとうあつき

1990年生まれ。東京都在住。文教大学教育学部卒業。

2016年よりフリーランスのイラストレーターとして活動。

Web: itoatsuki.tumblr.com/

Twitter: @atuki2126

Instagram: @atsuki_ito_

参考文献

・声曲文芸研究会編（１９１０）『佳調都々逸集』磯部甲陽堂
・山本勉弥著、田中助一編（１９６１）『萩庶民文学』（萩文化叢書 第11巻）萩市郷土博物館
・亀屋忠兵衛（１９６３）『都々逸下町―亀屋忠兵衛情歌集』産報
・杉原残華（１９６７）『都々逸読本―カラー版』芳賀書店
・浅野建二校注（１９８４）『山家鳥虫歌―近世諸国民謡集』（岩波文庫）岩波書店
・川崎勝平著、常陸太田市秘書課編（１９８９）『都々一坊扇歌』（舞鶴叢書）常陸太田市
・中道風迅洞（１９９２）『風迅洞私選どどいつ万葉集』徳間書店
・真鍋昌弘、森山弘毅ほか校注（１９９７）『田植草紙 山家鳥虫歌 鄙廼一曲 琉歌百控』（新日本古典文学大系62）岩波書店
・田島一彦ほか（２００５）『Chiyogami 江戸千代紙』ピエ・ブックス
・いいあい（２０１１）『どどいつちゃん―26文字の恋の歌』メディアファクトリー

遊泳舎の「コトバ」の本

1

悪魔の辞典

アンブローズ・ビアスの『悪魔の辞典』を原案に、500 単語を悪魔的視点で書き下ろし。さらに 150 点を超えるユーモアたっぷりのイラストも収録。文字とイラストの両面から人間の本質を問う、毒の効いた刺激的な一冊。

著：中村徹／絵：Yunosuke
定価：本体 1600 円＋税
ISBN：978-4909842-00-8

2

ロマンスの辞典

「ロマンス」というまったく新しい切り口から 505 単語を選定。雰囲気たっぷりに描かれた 131 点のイラストも収録。甘酸っぱい言葉とイラストが、何気ない日常の風景を、鮮やかな非日常へと一変させる。

著：望月竜馬／絵：Juliet Smyth
定価：本体 1600 円＋税
ISBN：978-4909842-01-5

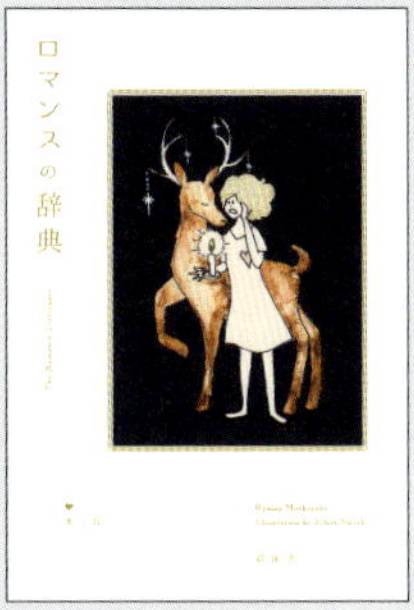

3

言の葉連想辞典

「言葉を探す」だけでなく「眺めて楽しめる」辞典。日常を少しだけ豊かにしてくれる粋な言葉の数々と、繊細で美しいイラストが詰まった「表現の宝箱」。新たな言葉との出会いと、インスピレーションを与える一冊。

絵：あわい／編：遊泳舎
定価：本体 1800 円＋税
ISBN：978-4909842-03-9

26文字のラブレター

2019年12月24日　初版第1刷発行
2020年12月24日　　　第2刷発行

絵　　　いとうあつき
編　　　遊泳舎

協力　　吉住義之助
　　　　都々逸しぐれ吟社
　　　　株式会社つばさプラス

発行者　中村徹
発行所　株式会社 遊泳舎

TEL / FAX　0422-77-3364
URL　http://yueisha.net
E-mail　info@yueisha.net

印刷・製本　シナノ印刷株式会社

Printed in Japan　ISBN 978-4-909842-04-6　C0095

定価はカバーに表示してあります。

#26文字のラブレター